Tot ooit!

Tot ooit!

50 vrolijke en verdrietige verhalen over afscheid

Willem de Vos

uitgeverij
SWP

Tot ooit!
50 vrolijke en verdrietige verhalen over afscheid
Willem de Vos

ISBN 978 90 8560 272 9
NUR 372
THEMA FU

Voorwoord

Hier scheiden onze wegen.
Dat klinkt hard en definitief en soms is dat ook het geval.
Gelukkig heeft afscheid meerdere gezichten.
Mocht je niet zitten te wachten op een verhandeling over diverse vormen van afscheid, dan zit je met deze verhalenbundel goed.
Vijftig korte verhalen over afscheid, met een moraal, van overal en nergens.
Over afscheid met veel tranen of vrolijk vaarwel zeggen.
Over afscheid als bevrijding en opluchting of als doorgang naar iets nieuws.
En zelfs met een handleiding voor de beste, de leukste of de eerlijkste afscheidsspeech.
Ik zocht en vond de verhalen, op weg naar mijn eigen afscheid, na 44 werkjaren in en buiten het onderwijs.
Een verhaal kan perfect werken als opening van een overleg, kan een gesprek een andere wending geven, zelfs je humeur op doen klaren of je tot een inzicht brengen.
Want verhalen doen ertoe.

Willem de Vos (samensteller, vertaler, bewerker, schrijver)

Inhoud

Genie

Een schoolbestuurder heeft ruim op tijd zijn ontslagbrief geschreven. Uiteraard bemoeit hij zich op geen enkele manier met de procedure voor de opvolging. Tot op een dag de advertentie voor de werving is geplaatst. Via de link zoekt hij toch het profiel voor zijn opvolger op. Hij leest en herleest het stuk, springt op zijn fiets en racet naar huis. Daar aangekomen zwaait hij de deur open en roept zijn vrouw toe: ‘Schat, nu kan ik eindelijk bewijzen dat je met een genie bent getrouwd!’

Drie enveloppen

Een leidinggevende neemt de taak over van zijn voorganger. Bij diens afscheid meldt de voorganger: 'In de bovenste la van je bureau liggen drie enveloppen. Als het nou even wat minder gaat, open dan envelop 1. Gaat het nog wat slechter, envelop 2, weet je het echt niet meer, kijk dan in envelop 3.'
Vol goede moed en met dit advies op zak gaat de nieuwe leidinggevende aan de slag. Na de eerste euforie rond zijn aantreden lopen de zaken toch moeizamer dan verwacht. Dan herinnert hij zich de enveloppen. Hij opent enveloppe 1 en leest het kaartje dat erin zit: 'Geef je voorganger de schuld!'.
Met beide handen grijp hij dit advies aan en de opkomende storm gaat tijdelijk liggen. Na verloop van tijd grijpt hij vertwijfeld naar enveloppe 2. Hij leest : 'Voer een reorganisatie door'. Een plan wordt gemaakt. Iedereen is er druk, druk, druk mee, meewerkend of tegenwerkend. Echt helpen blijkt het niet te doen. Redelijk radeloos neemt hij enveloppe 3 uit de la, hij trekt het kaartje er langzaam uit en leest het derde en laatste advies:
'Maak drie enveloppen klaar!'

Complimenten

De rector-bestuurder van de school nam na jaren trouwe dienst afscheid. Het was een man met wie je geen loopje nam. Erudiet, welbespraakt en een tikje dominant. Maar zeker gerespecteerd en geliefd. Hij had veel voor de school betekend. Onder zijn leiding was deze uitgegroeid tot een grote scholengemeenschap met een goede naam en goede resultaten.
In de loop van de jaren had hij wel geleerd hoe hij met de raad van toezicht om moest gaan. Uiteraard nam hij de toezichthouders serieus, terwijl hij ervoor zorgde dat er gebeurde wat hij vond dat er in en rond de school moest gebeuren.
Op de dag van zijn afscheid hield hij een gloedvolle toespraak. Dat kon hij als geen ander. Ook de raad van toezicht passeerde de revue. 'Ik wil deze raad graag complimenteren', zei hij. 'Het was prettig samenwerken met een van de beste raden die ik heb meegemaakt. En ik kan het weten', vervolgde hij, 'want ik heb vele raden van toezicht onder mij gehad'.

Voorbij

Op een dag besluit Salomo om minister Benaiah Ben Yehoyada, een van zijn vertrouwelingen, een lesje te leren. Hij zegt tegen hem: 'Benaiah, er moet een bepaalde ring bestaan die jij voor me moet zoeken. Ik wil hem hebben voor het Loofhuttenfeest, dus je hebt zes maanden om hem te vinden.'
'Als hij bestaat, waar ook ter wereld Uwe Majesteit,' antwoordt Benaiah, 'zal ik hem vinden en hem u bezorgen, maar wat maakt de ring zo bijzonder?' 'Hij heeft magische kracht,' antwoordt de koning. 'Als een gelukkig mens ernaar kijkt, wordt hij bedroefd, maar als een bedroefd iemand hem ziet wordt hij gelukkig.'
Salomo weet dat zo'n ring helemaal niet bestaat, maar hij wil zijn minister een lesje leren in nederigheid.
De lente gaat voorbij, evenals de zomer en Benaiah heeft nog steeds geen idee waar hij de ring kan vinden. Op de avond voor het feest besluit hij een wandeling te maken door een van de armste wijken van Jeruzalem. Hij loopt voorbij een koopman die bezig is zijn spullen op een beduimeld kleed uit te stallen. 'Heb jij toevallig gehoord van een ring die de gelukkige drager zijn geluk doet vergeten en de verdrietige zijn verdriet?' vraagt Benaiah hem.
De oude man pakt een gladde gouden ring van zijn kleedje en graveert er iets in. Als Benaiah de woorden op de ring leest, glimlacht hij breeduit.
Diezelfde avond verwelkomt de hele stad het Loofhuttenfeest. 'En, mijn vriend, heb je gevonden wat ik je opgedragen heb?' vraagt Salomo. Alle ministers lachen en de koning zelf grijnst betekenisvol.
Tot ieders verrassing houdt Benaiah een kleine gouden ring omhoog en zegt: 'Hier is het, Uwe Majesteit.' Zodra Salomo de inscriptie heeft gelezen, verdwijnt de grijns van zijn gezicht en verbleekt hij. De oude man heeft drie Hebreeuwse letters op de ring gegraveerd: gimel, zain, yod, de beginletters van 'Gam zeh ya'avor,' wat betekent:
'Ook dit gaat voorbij.'
Op dat moment begrijpt Salomo, dat ook hij eens afscheid zal moeten nemen van zijn rijkdom.

Totaliter aliter

Lang geleden kwam in het klooster het onweerstaanbare verlangen op, te weten wat ons na het afscheid van het leven wacht. Er was nog nooit iemand teruggekomen, maar wat als er nu eens wèl een terugkeerde! De monniken hadden een uitmuntende kandidaat: een oude broeder die zijn leven lang de heiligheid en goedheid zelve was geweest. Als deze monnik na zijn heengaan aan onze hemelse Vader zou vragen één ogenblik naar zijn broeders te mogen terugkeren om hen iets te openbaren van de heerlijkheid die hen wachtte. Zou Hij dit zo'n geliefd kind weigeren? De oude monnik stierf. De broeders baden de sterren van de hemel, in de kapel, in hun cellen, in de keuken, de bibliotheek en op het land. Ten derden dage was er geroep, de kloosterklok klepte over de velden: hun gebed was verhoord, de overleden broeder was weergekeerd! Hij zat in de refter, op z'n oude plek. De monniken dromden om hem heen. 'Zeg het ons, hoe is het ginds?' De hemeling haalde adem, wilde iets zeggen, maar kon geen woord uitbrengen. De broeders drongen aan: 'Vooruit, zeg het nu, zeg het!' Toen, voor hij plotseling weer uit hun midden verdwenen was, stamelde de oude broeder twee woorden: 'Totaliter aliter!' 'Volstrekt anders!'

Ik wens je genoeg

Kort geleden hoorde ik een vader en een dochter tijdens hun laatste ogenblikken samen op een regionaal vliegveld afscheid nemen. Het vertrek van haar vliegtuig was al omgeroepen en vlak voor de veiligheidscontrole omhelsden ze elkaar en zei hij: 'Ik houd van je, ik wens je genoeg.'
Zij zei op haar beurt: 'Papa, ons leven samen is meer dan genoeg geweest. Meer dan jouw liefde had ik niet nodig. Ik wens jou ook genoeg!'
Ze kusten elkaar en zij vertrok. Hij liep naar het raam waar ik zat. Terwijl hij daar stond zag ik dat de tranen achter zijn ogen brandden. Ik wilde me niet opdringen, maar kon het niet voor me houden en vroeg: 'Vergeef me dat ik het opmerk, maar dit klonk als een laatste afscheid?!' 'Ik ben oud en zij woont veel te ver weg. Het is realiteit dat als zij weer hier komt, dit voor mijn begrafenis zal zijn', was zijn antwoord.
'Toen jullie afscheid namen, hoorde ik u zeggen: ik wens je genoeg. Mag ik vragen wat dat betekent?'
Hij glimlachte: 'Dat is een wens die al generaties lang gebruikt wordt in onze familie, mijn ouders zeiden dat tegen iedereen.'
Hij stopte even en keek omhoog alsof hij zich iets in detail wilde herinneren, hij glimlachte opnieuw en zei: 'Als wij iemand 'genoeg' wensen, willen we dat zijn leven gevuld is met genoeg goede dingen om overeind te blijven.' Hij keek me aan en zei:

'Ik wens je genoeg zon voor een vrolijke levenshouding.

Ik wens je genoeg regen om van de zon te genieten.

Ik wens je genoeg geluk om je geest levend te houden.

Ik wens je genoeg pijn, zodat de kleine vreugdes in je leven veel groter lijken.

Ik wens je genoeg winst om je behoeften te bevredigen.

Ik wens je genoeg verlies om te waarderen wat je hebt.

Ik wens je genoeg 'hallo's' om je door het laatste 'vaarwel' heen te helpen.'

En toen liep hij weg, terwijl hij zei: 'Mijn vriend, ik wens je genoeg!'

Doedelzak

Als doedelzakspeler speel ik bij allerlei gelegenheden. Pas werd ik gevraagd door een uitvaartleider om te spelen bij de begrafenis van een dakloze man. Familie en vrienden had hij niet. De plechtigheid zou gehouden worden in een uithoek van de begraafplaats, met alleen de dragers en de uitvaartleider.
Ik ben niet zo'n held in het vinden van de weg en vaak te eigenwijs om om hulp te vragen. Uiteindelijk kwam ik een uur te laat aan en zag dat de begrafenisondernemer al was vertrokken. Ik zag alleen de grafdelvers die hun lunch aan het verorberen waren.
Ik baalde verschrikkelijk en verontschuldigde me tegenover de mannen dat ik zo laat was. Ik voelde me verplicht om toch nog iets te doen. Het gat was al gedeeltelijk dichtgegooid, maar toch besloot ik te spelen. De mannen lieten hun lunch voor wat hij was en stelden zich op rondom het gat. Ik speelde de sterren van de hemel voor de man zonder familie en vrienden. Ik speelde zoals ik nooit eerder gespeeld had voor deze dakloze medemens.
Toen ik 'Amazing grace' speelde zag ik tranen in de ogen van die ruwe kerels. Mijn ogen vulden zich ook met tranen en uiteindelijk stond iedereen daar te snotteren. Toen pakte ik mijn doedelzak in en liep terug naar mijn auto. Ik voelde me verdrietig en blij tegelijk.
Totdat ik een van de werklui hoorde zeggen: 'Dit heb ik nog nooit meegemaakt en ik heb toch heel wat sceptic tanks ingegraven in de afgelopen twintig jaar!'

Verwachtingsvol

'Vertel me eens wat over de mensen in de organisatie waar je net afscheid genomen hebt', zegt de manager die kandidaten weegt voor een belangrijke leidinggevende rol. 'Ze waren laagopgeleid en lui', antwoordt de kandidaat. 'Ik moest ze constant in de gaten houden, want als ik even niet keek probeerden ze het bedrijf een hak te zetten of pikten ze iets mee. Ze communiceerden op een waardeloze manier, verzetten zich tegen elke verandering en dachten eigenlijk alleen aan zichzelf.'
'Wat jammer zeg!', antwoordt de manager. 'Het spijt me te moeten zeggen dat je hier dezelfde types tegenkomt. Het lijkt er niet op dat dit de baan is die bij je past.'
Zodra de tweede kandidaat zit, krijgt zij dezelfde vraag voorgelegd. ' O, het waren fantastische lui', zegt ze. 'Ook al konden de meesten niet lezen en ging de communicatie tussen ons bepaald niet vanzelf, ze waren absoluut gemotiveerd om de samenwerking te laten slagen. En vanaf het moment dat we elkaar goed hadden leren kennen, hielpen ze elkaar voortdurend en was de samenwerking prima.'
'Mooi!' zegt de manager, 'want dat is hetzelfde type mensen dat u hier zult aantreffen als u bij ons begonnen bent.'

Geschenk

Een oude timmerman was aan zijn pensioen toe. Hij stelde zijn werkgever op de hoogte van zijn voornemen om de bouw te verlaten, om met zijn vrouw van zijn vrije tijd en uitdijende familie te genieten. Hij zou zijn loon missen, maar het was tijd om zich terug te trekken. Ze zouden het vast wel redden.
Het speet de werkgever dat hij zo'n goede kracht zou gaan verliezen en hij vroeg hem, of hij nog één huis wilde bouwen, om hem een plezier te doen. De timmerman zei ja, maar algauw was te zien dat hij er met zijn hart niet bij was. Hij leverde matig werk en gebruikte kwalitatief mindere materialen, en deed minder aan de afwerking dan anders. Eigenlijk een waardeloze manier om zijn loopbaan te beëindigen. Toen de timmerman klaar was en de aannemer kwam om het resultaat te inspecteren, overhandigde hij de sleutel van de voordeur aan de timmerman. 'Alsjeblieft, dit huis is voor jou', zei hij. 'Mijn afscheidsgeschenk.'

Ideale boerderij

Een boer woonde zijn hele leven op dezelfde boerderij. Het was een goede boerderij, maar met het verstrijken van de jaren kreeg de boer er toch genoeg van en wilde hij iets anders, iets beters. Elke dag had hij iets anders op zijn boerderij aan te merken. Uiteindelijk besloot hij tot verkoop over te gaan. Hij nam contact op met een makelaar, die een advertentie opstelde. Zoals viel te verwachten, legde de makelaar de nadruk op alle pluspunten van de boerderij: ideale locatie, moderne machines, gezonde veestapel, veel vruchtbare grond et cetera. Voordat de makelaar de advertentie plaatste belde hij de boer op om hem de tekst nog even voor te lezen. Toen hij klaar was, zei de boer: 'Wacht eens even! Ik ben van gedachten veranderd. Ik verkoop hem niet. Ik zoek mijn hele leven al naar zo'n boerderij!'

Rapport

Lieve mama, het spijt me je te moeten vertellen, maar dit is een afscheidsbrief. Ik heb het huis verlaten om te gaan samenwonen met mijn vriendje. Je zou hem moeten zien, hij is zo schattig met zijn tatoeages en piercings overal en zijn racemotor. Maar dat is nog niet alles, lieve mama, ik ben zwanger en mijn vriend heeft me een fantastisch leven beloofd in zijn caravan in het bos. Hij wil een heleboel kinderen met mij en ik denk er ook zo over. Ik ben erachter gekomen dat marihuana veel beter voor mijn gezondheid en mijn pijntjes is dan jullie altijd hebben beweerd. We gaan hier wietplanten verbouwen voor de handel en voor onze vrienden die nu aan de heroïne en de coke zijn, maar te vaak zonder zitten. Oh ja, ik hoop ook dat de medicijnen tegen aids beter worden, want mijn vriend blijkt positief te zijn.
Jouw liefhebbende dochter.

> PS: Uiteraard is dit hierboven onzin mama, ik ben bij de buren. Ik wou je duidelijk maken dat er veel beroerdere dingen zijn in het leven dan een slecht rapport, zoals dat nu op je nachtkastje ligt.

Lieve dochter, ik heb de brief gevonden en aan je moeder gegeven. Met direct een hartinfarct als gevolg. Misschien heb je de sirenes wel gehoord, maar we zijn nu in het ziekenhuis en een infuus houdt haar in leven. Ik heb onze advocaat op de hoogte gebracht en hij adviseerde mij jou ogenblikkelijk te onterven. Vanaf nu ben je onze dochter niet meer. We hebben direct al jouw spullen in de container gemikt, de sloten van het huis vervangen en je spaarrekening geblokkeerd. Waag het niet om ons te bellen over geld. Uiteraard hopen we dat je gelukkig wordt in je nieuwe leven, we laten nog weten of we contact willen met 'ons' kleinkind.
De man die jij altijd 'papa' noemde.

> PS: Lieverd, dit is ook allemaal onzin, ik zit televisie te kijken met mama en zij maakt het prima. Ik wilde je duidelijk maken dat er veel ergere dingen zijn dan een uitgaansverbod van acht weken, zonder televisie, vanwege je verschrikkelijke brief. Daar is een slecht rapport nog niks bij.

Cadillac

De telefoniste van de lokale krant ontving een telefoontje van een mevrouw die vroeg: 'Wat kost een rouwadvertentie?'
'Dat kost € 5 per woord, mevrouw', was het antwoord.
Het was even stil en toen zei de dame: 'Heeft u pen en papier bij de hand?'
'Jawel mevrouw!'
'Mooi, schrijft u maar op: "Fred overleden"'.
'Sorry mevrouw, ik vergat nog te zeggen dat er een minimum geldt van vijf woorden'.
Het was even stil, en toen zei de dame: 'OK, maak er dan maar van "Fred overleden, Cadillac te koop".'

Afscheidsbrief

Een jongen hield heel veel van een meisje. Maar de ouders van het meisje wilden er niets van weten. De jongen wilde zijn lief een brief schrijven, maar hij wist zeker dat haar vader de brief als eerste zou lezen. Daarom schreef hij de volgende 'afscheidsbrief':

De grote liefde waarvan ik zei dat ik die voor jou koester
is verdwenen en mijn afkeer van jou
groeit met de dag, zodra ik je zie,
ik kan zelfs niet meer tegen de manier waarop je naar me kijkt
het enige dat ik nog wil is
een andere kant uitkijken. Ik wilde eigenlijk al nooit
met je trouwen. Ons laatste gesprek
was zo verschrikkelijk saai, dat het me bepaald niet
deed verlangen om je weer te zien
jij denkt alleen maar aan jezelf
ik weet zeker dat als we getrouwd waren ik dan zou ervaren
dat het leven zwaar kan zijn en wat ik zeker niet zou vinden is
plezier en geluk in het leven met jou. Ik heb een hart
om weg te geven, maar het is niet een hart
dat ik aan jou wil geven. Niemand is
veeleisender en egoïstischer dan jij en minder
in staat om voor mij te zorgen en me te helpen dan jij
ik wil heel graag dat je begrijpt:
ik spreek de waarheid! Je zou me een plezier doen
als ook jij overweegt er een punt achter te zetten: probeer niet
onze relatie te redden
door deze brief te beantwoorden. Jouw brieven zijn altijd vol
dingen die me werkelijk niets interesseren,
wat je noemt 'echt medeleven met mij'. Tot ziens, geloof me,
ik geef niet om je en denk alsjeblieft niet
'ik ben de ware voor jou'.

De vader van het meisje las de brief inderdaad als eerste en gaf hem met een tevreden gezicht aan zijn dochter. Zij las alleen de oneven regels en was daarna al even gelukkig.

Ontslagen

Dit bericht is bedoeld voor de medewerkers van XXXX, maar ik publiceer het breed, want het lekt toch wel uit.

Beste medewerkers van XXXX,

Na vier en een half intensieve en bijzondere jaren bij XXXX, heb ik besloten dat ik meer tijd wil doorbrengen met mijn familie. Geintje, ik ben ontslagen vandaag. Als je je afvraagt waarom, heb je niet goed opgelet. De resultaten van ons eerste kwartaal zijn slecht, we presteren al meer dan een jaar beneden niveau en de beurskoersen schommelen rond een kwart van de waarde waarmee we instapten. Als CEO ben ik daarvoor verantwoordelijk.
Jullie doen het fantastisch bij XXXX, en jullie verdienen dat de markt jullie een tweede kans geeft. Maar ik sta dat in de weg. Een nieuwe, frisse CEO kan jullie die kans bezorgen. Het bestuur staat unaniem achter de strategie van de afgelopen maanden en ik heb jullie nog nooit zo effectief zien samenwerken als de afgelopen periode, als een wereldwijd bedrijf. Het wordt tijd om XXXX een ontsnappingsmogelijkheid te geven uit de publieke opinie.

Mocht je je zorgen maken over mij, niet doen alsjeblieft! Ik houd van XXXX en ik ben ontzettend trots op wat we hebben gecreëerd. En ik zie in dat ik heb gefaald in deze etappe van de reis. Als XXXX de videogame Battletoads was, dan zou ik het gehaald hebben tot en met de Terra Tubes, zonder dood te gaan tijdens de eerste keer dat ik het spel speelde. Ik ben er trots op dat ik ons bedrijf heb kunnen brengen waar het nu is, met jullie allemaal. Ik ga nu de tijd nemen om af te kicken en wie weet kan ik mijn ervaring nog een keer ergens anders op een productieve manier inzetten.
En mocht ik over een beetje wijsheid beschikken om aan jullie door te geven: heb het lef om verder te gaan, denkend vanuit jullie klanten. Ik heb spijt van de momenten dat ik gebrekkige data meer vertrouwde dan mijn intuïtie over wat onze klanten nodig hebben. Deze wisseling van leiderschap geeft jullie de adempauze om met verkeerde gewoontes te breken en te zorgen voor constante en duurzame klanttevredenheid. Verknoei deze mogelijkheid niet!
Ik zal jullie verschrikkelijk missen.
Jullie ...

Hoog tijd

Je bent waarschijnlijk aan je afscheid toe, als ...

1. Je twee pogingen nodig hebt om uit je stoel te komen.
2. Een avondje uit voor jou betekent een avond op de veranda zitten.
3. Jij en je gebit niet langer samen slapen.
4. Je probeert de vouwen uit je sokken te krijgen, zonder door te hebben dat je geen sokken aan hebt.
5. De stap vanaf het trottoir je al onzeker maakt over het vervolg.
6. Je al blij bent als je je herinnert, waar je je auto hebt geparkeerd.
7. Alles je zeer doet en wat niet zeer doet, niet meer werkt.
8. Je je tanden in een appel zet en ze daarin blijven staan.
9. Je je afvraagt hoe het kan dat je aan de afdaling bent begonnen, zonder je te herinneren wanneer je op de top stond.
10. Je meer haren in je neus en je oren hebt dan op je hoofd.

Biecht

Na vijfentwintig jaar in dezelfde parochie te hebben gewerkt, neemt Vader O' Shaunessey afscheid tijdens een diner. Een prominent lid van de parochie, een bekende politicus, zal een toespraak houden maar hij is te laat. Daarom heeft de priester de microfoon gepakt en is hij maar vast begonnen om de tijd te doden.
'Ik herinner me nog heel goed de eerste biecht die ik vijfentwintig jaar geleden aanhoorde. Ik dacht toen: mijn hemel, waar ben ik aan begonnen. Het was de ergste biecht die ik ooit heb meegemaakt. De man biechtte op dat hij een televisie had gestolen en had gelogen tegen de politie toen hij werd verhoord. Hij had de diefstal succesvol in de schoenen geschoven van een schoffie uit het dorp. Hij had geld gestolen, van zijn ouders en van zijn baas. Hij had verschillende affaires gehad met de vrouwen van zijn vrienden. En hij had harddrugs gebruikt.
Je kunt je voorstellen wat ik dacht. Gelukkig heb ik in de afgelopen jaren ontdekt dat deze man een verschrikkelijke uitzondering betrof en de parochie verder een oase is van vriendelijke en respectabele mensen...'
Op dat moment arriveert de politicus, die zich verontschuldigt voor zijn late aankomst. Hij loopt direct naar de microfoon en haalt zijn speech uit zijn binnenzak. 'Ik zal nooit vergeten dat vader O' Shaunessey voor het eerst in onze parochie kwam', zegt hij. 'Sterker nog, ik weet vrijwel zeker dat ik de eerste was die bij hem te biecht ging...'

Laatste kus

De bestuursvergadering was voorbij. Bob stond op, stootte tegen de tafel en gooide de koffie over zijn papieren. 'Hè wat stom, ik word onhandig op mijn oude dag', zei hij. Iedereen schoot in de lach en even later waren we elkaar aan het vertellen over onze onhandigste momenten. Toen Frank aan de beurt was, zat hij stil voor zich uit te staren. 'Kom op Frank, vertel!'
Frank begon te vertellen over zijn jeugd aan de kust. 'Mijn vader was visser, hij hield van de zee en had zijn eigen boot. Hij werkte altijd hard en bleef op zee tot hij genoeg had gevangen voor zijn gezin. Ik wou dat jullie hem konden ontmoeten. Een grote man, sterk door het binnenhalen van de netten en het harde werken aan boord, op volle zee. Als je bij hem in de buurt kwam, rook je de zee. Hij droeg altijd zijn werkjas en een overal. En altijd een regenhoed die hij tot aan zijn wenkbrauwen omlaag trok. Soms, als hij thuis was en het was slecht weer, bracht hij me naar school. In zijn oude truck, ouder dan hijzelf. Dat ding maakte zo'n herrie dat je hem van verre hoorde aankomen. Ik schaamde me voor dat ding en maakte me zo klein mogelijk op de voorstoel. En hij remde altijd keihard als we bij school aankwamen. Het leek of iedereen stond te kijken. En dan boog hij zich naar me toe om me een kus op mijn wang te geven, en zei: 'Goed je best doen vandaag!' Ik vond het verschrikkelijk. Ik was twaalf en dan kust mijn pa me op mijn wang waar iedereen bij is. Ik herinner me de dag nog goed waarop ik besloot dat ik dat niet meer wilde. We stonden stil voor de school en hij boog zich naar me toe met zijn grote glimlach. Ik stak mijn hand op en zei: 'Alsjeblieft, nee pap!' Nooit eerder had ik zo tegen hem gepraat en hij keek me stomverbaasd aan. Ik zei: 'Pap, ik ben te oud om gedag te kussen.' Mijn vader keek me lang aan, tranen welden op in zijn ogen. Dat kende ik niet van hem. Hij keek uit het raam en zei: 'Je hebt gelijk, je bent een grote knul, ik zal het niet meer doen.'
Toen kwamen bij Frank ook de tranen en hij vertelde: 'Niet lang daarna kwam mijn vader niet meer terug van de zee; de meeste vissers waren niet uitgevaren vanwege het weer, maar mijn vader had vele monden te voeden. Ze vonden zijn losgeslagen boot, met de netten half binnen en half buiten. Hij was waarschijnlijk overboord geslagen toen hij bezig was de netten binnen te halen in de storm.
Jullie kunnen je niet voorstellen wat ik over zou hebben voor nog één kus op mijn wang, om zijn verweerde gezicht te voelen en de zee te ruiken, zijn arm om me heen te voelen. Was ik toen maar een kerel geweest, dan zou ik nooit tegen mijn vader hebben gezegd dat ik te oud was voor een kus.'

Engeltje

Een jonge moeder had al een dochter van vier toen ze beviel van haar tweede kind, een zoon. Kort na de geboorte stelde haar dochtertje een vreemde vraag: 'Alsjeblieft mama,' vroeg ze, 'mag ik alsjeblieft een poosje alleen zijn met mijn broertje, even maar, alsjeblieft?!'
Maar haar moeder voelde zich er ongemakkelijk onder. Ze was enig kind en wist niet veel van de dynamiek van een gezin en dat maakte haar onzeker. Zou ze er niet bij moeten blijven? Wat zou haar dochtertje willen doen met de baby, waar zij niet bij mocht zijn? Was haar dochtertje jaloers? Had ze kwaad in de zin? Hoewel ze zich niet kon voorstellen dat haar dochtertje de baby kwaad wilde doen, gaf ze haar geen toestemming. Maar het kind hield vol; elke dag stelde ze dezelfde vraag. Na een paar maanden legde de moeder het probleem voor aan een vriendin. Die zei: 'Waarom geef je haar die kans niet? Het is kennelijk heel belangrijk voor haar... En als je je echt zorgen maakt, houd je toch de deur op een kier?!' Die avond zei de moeder tegen haar dochtertje dat ze de volgende dag helemaal alleen bij haar kleine broertje mocht zijn. Het kind sliep die nacht bijna niet van de opwinding. De volgende ochtend stonden ze buiten de babykamer. Moeder glimlachte en zei: 'Het is tijd, ik ben vlakbij als je me nodig hebt.' 'Oh, dank je mama!' fluisterde het kind toen ze naar binnen sloop.
De nieuwsgierige moeder stond rustig bij de deurpost, en wachtte af wat er ging gebeuren. Haar dochtertje ging bij de wieg staan, klopte haar broertje op zijn rug en fluisterde toen: 'Snel, alsjeblieft, vertel me over de hemel. Ik begin het te vergeten!'

Foto

Een naar Afghanistan uitgezonden soldaat ontvangt een pijnlijk briefje van zijn vriendin in zijn vaderland: 'Lieve Jimmy, ik kan niet verder gaan met onze relatie. De afstand tussen ons is te groot en ik moet bekennen dat ik sinds je weg bent, je al twee keer ontrouw ben geweest. Zo ben ik niet eerlijk tegenover ons beiden. Stuur alsjeblieft de foto van mij terug die ik je stuurde, liefs, Sara.'
De soldaat, diep geraakt, zint op wraak en vraagt zijn maats om zoveel mogelijk foto's van vriendinnen, exen, zussen. Hij stopt de hele stapel foto's in een enveloppe, het zijn er maar liefst 57. En hij doet er dit briefje bij: 'Beste Sara, het spijt me, maar ik kan me echt niet meer herinneren wie je bent. Haal alsjeblieft jouw foto uit de stapel en stuur de rest retour, Jimmy.'

Beste collega's

Zoals de meesten van jullie wel zullen weten, is dit mijn laatste werkdag. Voor ik vertrek wil ik van de gelegenheid gebruik maken om jullie te laten weten wat een groot voorrecht het voor mij is om deze woorden te kunnen uitspreken: 'Dit is mijn laatste werkdag!'
Vanaf mijn eerste werkdag hier heb ik verlangd naar dit moment van vertrek. En nu deze droom werkelijkheid wordt, wil ik graag dat jullie beseffen dat ik dit niet had kunnen bereiken zonder jullie grenzeloze gebrek aan steun. Woorden schieten tekort om mijn dankbaarheid te tonen voor de woorden van dankbaarheid die jullie nooit hebben geuit.
Een speciaal woord van dank aan al mijn leidinggevenden: in een tijd van miscommunicatie hebben jullie voortdurend indruk op mij gemaakt doordat jullie daar nog een schepje bovenop wisten te doen. Je moet al sterk in je schoenen staan om je fouten toe te geven. Hoe sterk moet je dan niet in je schoenen staan als je al je fouten aan mij weet te wijten!
In de afgelopen drie jaar heb ik meer geleerd dan waar ik om had kunnen vragen. In de meeste gevallen had ik daar ook helemaal niet om gevraagd.
Ik heb het genoegen gehad, te werken met een reeks van inwisselbare beslissers, aan een reeks van diverse op elkaar lijkende, zinloze projecten. Een niet te overschatten les in het overleven van verveling op verveling op verveling. Jullie stelden hoge eisen en toonden weinig geduld, maar ik putte veel troost uit mijn jaarlijkse beoordeling: 'Over de hele linie redelijk tevreden.' Dat is echt het soort compliment dat je nodig hebt na wekenlang 10 uur per dag te hebben gebuffeld.
En dan voor de meeste van mijn overige collega's: binnen de muren van dit kantoor hadden we al nauwelijks belangstelling voor elkaar, ik hoop dat we dit, als we elkaar in de toekomst tegenkomen op straat, probleemloos kunnen voortzetten: vooral geen oogcontact.

En voor die enkelingen met wie ik wel contact had, enkele persoonlijke afscheidswoorden:

Voor Rudi: ik zal nooit vergeten dat we mijn lunch deelden, ook al stond er duidelijk mijn naam op.

Voor Steven: ik zal jouw winderigheid missen, zoals jij het wel zult missen om er een te laten als je langs mijn bureau loopt.

Voor Eileen: mijn dank voor alle mails die je aan mij doorstuurde, terwijl je die zelf had moeten behandelen.

Voor Felix: Ik heb een polshorloge op je bureau gelegd, zodat je toch weet hoe laat het is als je straks niet meer ieder uur kunt bellen om mij te melden dat het kopieerapparaat is vastgelopen.

En tot slot voor Cathy: je had gelijk, ik heb inderdaad een positieve testuitslag. We spreken elkaar nog wel!

En dan nog enkele woorden voor mijn aanstaande opvolger: prijs je gelukkig en zuig iedere ervaring op als een spons, want zo'n kans krijg je geen tweede keer.
Ik bedoel eigenlijk: ik ga liever dood dan ooit nog eens in zo'n baan te stappen.

Tot nooit,
Chris

Adieu!

Ik heb je voor het eerst ontmoet op het schoolplein van de middelbare school Ik vond je smerig en verstikkend, maar iedereen sprak lovend over jou. Sinds die dag zijn we jarenlang samen opgetrokken. We waren zo'n 25 keer per dag innig verbonden, ook al kostte je mij een vermogen. Maar inmiddels is de scheiding definitief, al mis ik je soms verschrikkelijk. Ik heb echter geleerd dat we een destructieve relatie hadden. Maar net als in een gewelddadige relatie, zijn we lang bij elkaar gebleven. Ik mis je op de plek bij de voordeur van werk, waar je toch als eerste alle nieuwtjes hoort.
Jij hoorde erbij als ik verdrietig was of blij. Als ik opstond of naar bed ging. Eigenlijk was je getuige van elk moment van de dag. Het afscheid nemen was zo moeilijk dat ik zelfs medicijnen en therapie nodig had om van je af te komen en de eerste twee weken waren zo zwaar dat ik diverse keren bijna zover kwam dat ik je weer zou binnenlaten.
Wat ik totaal niet mis zijn de hoestbuien waardoor ik 's nachts wakker werd. Ik was dan echt benauwd en wat deed ik als ik eenmaal weer op adem was gekomen? Dan zocht ik troost bij jou, ook al wist ik dat jij de veroorzaker was van alle ellende, maar die gedachte stopte ik snel weg, en dacht: 'Ach, het zal wel door de pollen komen', of: 'Wie is er nu niet verkouden?'
Daarom is dit echt een definitief afscheid voor altijd. Niet een tot ooit! Want één ontmoeting met jou kan fataal zijn. Dan is het meteen weer zoals het altijd is geweest.
En het is te erg, maar ik kan nog steeds jaloers zijn op mensen die jou nog wel als vriend hebben.
Aan de andere kant: ik ruik niet langer naar een asbak, neem weer geuren waar die ik lang niet heb geroken en sta niet meer bovenaan de trap te hijgen.
Dus: hoe lang en intens we ook samen waren en hoe ik ook uit je heb gezogen wat ik nodig dacht te hebben, blijf uit mijn buurt!
Adieu peuk!

Suiker

Een klein jochie was verslaafd geraakt aan het eten van suiker. Zijn moeder zag in dat het zo niet langer kon. Ze moest ingrijpen en nam hem mee op een lange tocht, te voet in de brandende zon, naar Gandhi. Toen zij de meester eindelijk had bereikt, legde zij hem de situatie uit en vroeg hem of hij haar zoon kon duidelijk maken dat hij moest stoppen met suiker eten, met het oog op zijn gezondheid. 'Dat kan ik nu niet doen', luidde het antwoord van Gandhi. Kom over een paar weken met hem terug en dan kan ik het wel.' Teleurgesteld en een beetje nijdig aanvaardde moeder met haar zoontje de lange terugreis. Twee weken later maakte zij opnieuw de lange reis. Ditmaal richtte Gandhi zich meteen tot de jongen en zei terwijl hij hem indringend aankeek: 'Jongen, je moet stoppen met suiker eten, want dat is heel slecht voor je gezondheid.' De jongen knikte en beloofde dat hij van de suiker zou afblijven. Verbaasd zei zijn moeder: 'Maar waarom zei u dat twee weken geleden niet gewoon tegen hem, toen we ook hier waren?'
Gandhi antwoordde glimlachend: 'Mevrouw, twee weken geleden at ik zelf nog veel teveel suiker, van die gewoonte moest ik eerst afscheid nemen!'

Herberg

Een beroemde religieuze leraar kwam bij de voordeur van het paleis van de koning. Geen enkele wacht probeerde hem tegen te houden toen hij naar binnen ging en de zaal binnenliep waar de koning op zijn troon zat.
'Wat wil je?' vroeg de koning, die de bezoeker direct herkende. 'Ik zou graag een slaapplaats willen hebben in deze herberg', antwoordde de leraar. 'Maar dit is geen herberg, dit is mijn paleis!' 'Mag ik vragen, wie voor u eigenaar was van dit paleis?' 'Mijn vader, maar hij is overleden.' 'En wie bezat het voor hem?' 'Mijn grootvader, maar ook hij leeft niet meer.' 'En van deze plaats, waar mensen korte tijd wonen en dan weer weggaan, hoorde ik u nu zeggen dat dit GEEN herberg is?'

Nieuwe relatie

Ik heb jou zomaar op het trottoir achtergelaten, gisteravond, met een briefje waarop staat: 'Gratis, doet het nog!' En vanochtend was je al verdwenen.
Ik heb je achtergelaten met de schuldgevoelens van een moeder die haar baby in een mandje voor de deur van een vreemdeling heeft achtergelaten. Geen afscheidswoorden, geen afscheidsfeestje, alleen maar een laatste blik op jou, liggend op de stoep, voordat ik terugliep naar mijn appartement, naar de spanning van een nieuwe relatie.
Herinner je je nog onze eerste ontmoeting in de mediawinkel? Onze gezamenlijke tocht, vijf trappen op, alle spannende scènes die we samen beleefden?
Ik wil je laten weten hoe moeilijk ik het vond om je te laten gaan, we hebben zoveel gemeenschappelijke herinneringen. Gedurende lange tijd was jij mijn ontsnapping aan de werkelijkheid en mijn poort naar de wereld tegelijk. We speelden zelfs spelletjes, je ontmoette mijn vrienden en familie. Je liet me de borst van Janet zien, we huilden samen op 9/11, we juichten bij doelpunten en jij zorgde ervoor dat ik verschillende afspraakjes, die een vergissing bleken, nog enigszins kon doorstaan.
Maar ik heb een slanker iemand ontmoet die er beter uitziet en meer bij de tijd is. Je hebt het vast zien aankomen, want je zag dat ik de doos uitpakte. Sorry dat ik het je niet heb uitgelegd, maar je snapt wel hoe moeilijk het einde van een relatie kan zijn.
Dank je voor al die jaren van samenzijn. Je was er altijd voor me als ik je nodig had. Dat had ik je wel eerder mogen vertellen.

Vaarwel televisie!

Afscheidskus

'Sorry, ik ben al laat, ik moet er echt vandoor!' zei hij terwijl hij zijn jas aantrok en het huis uit beende.
Toen hij wegreed, rende zij de trap af met tweetreden tegelijk.
'Wacht, wacht!' riep zij, maar hij was de hoek al om. Haar gezicht vertrok door de teleurstelling. Ze belde hem en zei verwijtend: 'Je ging weg zonder me een kus te geven!' 'Sorry schatje' zei hij met berouwvolle stem. 'Het is oké' zei zij, haar verdriet verbijtend als een volwassene en beëindigde het gesprek.
Ze schrokte haar ontbijt naar binnen, kleedde zich aan, pakte haar schooltas en liep met afhangende schouders de deur uit en de trap af.
Plotseling stopte een auto voor de deur. Hij stapte uit en ze rende op hem af. 'Sorry dat ik het was vergeten!' zei hij toen hij haar optilde en knuffelde.
Later herinnerde niemand zich dat hij die dag laat op zijn werk kwam. Maar het meisje zou nooit vergeten dat haar vader terugreed naar huis om haar alsnog een afscheidskus te geven.

Elke dag

Karins man kwam om bij een auto-ongeluk. Haar Bartel was nog maar 52, hij reed van zijn werk naar huis en werd aangereden door een jonge chauffeur die te veel had gedronken. Bartel was op slag dood. De andere chauffeur mocht na een uurtje ziekenhuis weer naar huis. Het gebeurde op Karins vijftigste verjaardag. Bartel had twee vliegtickets naar Hawaii in zijn zak en was op weg om haar te verrassen. Maar in plaats daarvan werd hij verrast door een dronken tegenligger.
'Hoe heb jij dat overleefd?' vroeg ik een jaar later aan Karin.
Tranen welden op in haar ogen. Ik had ogenblikkelijk spijt van mijn impulsieve vraag, maar ze pakte zacht mijn hand en zei: 'Het is goed, ik zal je vraag beantwoorden. Op de dag dat Bartel en ik trouwden beloofde ik hem dat ik hem nooit de deur uit zou laten gaan zonder tegen hem te hebben gezegd dat ik van hem houd. En hij beloofde mij hetzelfde. Dat hielden we vol, door dik en dun. En toen de kinderen kwamen en we van voren soms niet wisten dat we van achteren leefden, legde ik op het nippertje een briefje in zijn auto, of ik siste de woorden tussen mijn tanden als ik kwaad was. Maar we hielden het vol. En dat heeft ons een boel mooie herinneringen bezorgd. De ochtend dat Bartel verongelukte legde hij een verjaardagskaart in de keuken en sloop naar zijn auto. Ik hoorde de motor starten. "Mooi niet, vriend," zei ik en ik rende naar buiten en beukte op het raampje van de auto tot hij het liet zakken. "Vandaag, op mijn vijftigste verjaardag, wil ik, Karin Bruil, officieel aan u, meneer Bartel Bruil, laten weten dat ik van u houd".'
'Zo heb ik het overleefd' zei ze met een zucht, 'in de wetenschap dat het laatste wat ik tegen hem zei en het laatste wat hij van mij heeft gehoord, was: "Ik houd van je".'

Testament

In de zak van een gerafelde jas die toebehoord had aan een oudere man die was overleden, trof men een bijzonder testament aan. Het was handgeschreven, juridisch perfect geformuleerd en had de volgende inhoud:

Ik, Henry Lounsberg, nog scherp van geest en geheugen, maak hierbij mijn laatste wens en testament bekend. Over dat deel van mijn belangen dat de wet ziet als mijn bezit gaat het hier niet. Dat deel stelt ook weinig voor. Mijn leven behoort niet tot mijn bezit. Alles wat ik nalaat is mijn gedachtengoed.

I. Ik laat aan alle vaders en moeders, bedoeld voor hun kinderen, alle mooie kleine woorden van lof en aanmoediging na. En alle gekke koosnaampjes en woorden van tederheid; ik draag al die ouders op ze veelvuldig te gebruiken.

II. Ik laat aan alle kinderen, voor de jaren van hun jeugd, de bloemen van het veld en de bomen van het bos. Met het recht om daar vrij in te spelen zoals kinderen dat doen. Ik waarschuw hen tegelijkertijd voor de doornen en distels. Ook laat ik aan alle kinderen de oevers van het meer en het gouden zand in het water en de geuren van de wilgen die zich naar het water buigen na, evenals en de witte wolken die hoog over de bomen drijven.

III. Ook laat ik de kinderen de lange, lange dagen na die op duizend manieren vrolijk kunnen zijn, evenals de nacht en de maan, en de melkweg om te bewonderen. Zij het dat ik een deel daarvan ook nalaat aan alle verliefde mensen.

IV. Aan de jongens laat ik alle veldjes na waar je kunt voetballen en alle watertjes waar je kunt zwemmen, alle besneeuwde hellingen waar je vanaf kunt sleeën, alle sloten en beken waar je kunt vissen, of schaatsen in de winter. Evenals alle weiden met klavertjes en vlinders. De bossen met alles wat erbij hoort: eekhoorns en vogels, echo's en vreemde geluiden. Aan elk van genoemde jongens geef ik hun eigen plek bij het uur 's avonds, met alle figuren die ze kunnen zien in de vlammen. Dat ze daarvan mogen genieten zonder narigheid en zorgen.

V. Aan de verliefden laat ik hun eigen gedachtenwereld, met alles wat ze nodig hebben, zoals de sterren aan de hemel, de rode rozen bij de muur, flarden muziek of wat ook maar om de schoonheid en oneindigheid van hun liefde te benadrukken.

VI. Aan jonge mannen laat ik alle onstuimige sporten na en de wil om te winnen; ik geef hun minachting voor zwakte en eindeloos vertrouwen in hun eigen kunnen. Daarnaast laat ik hun het vermogen om vriendschap voor het leven te sluiten. En ik geef hun alle vrolijke liederen om te blijven zingen met hun wellustige en welluidende stemmen.

VII. En aan hen die geen kind meer zijn, niet meer jong, of verliefd, laat ik de herinnering, de gedichten van Burns en Shakespeare en andere dichters. Zodat ze in hun laatste dagen het mooie van het verleden opnieuw meemaken als was het vandaag.

VIII. En aan hen die bekranst zijn met grijs en wit laat ik de gelukzaligheid van de hoge leeftijd en de liefde en dankbaarheid van hun kinderen en kleinkinderen. Tot het einde daar is.

Robot-toespraak

ChatGPT leverde desgevraagd deze standaard afscheidstoespraak:

Beste / lieve / allerliefste / ... collega's,

Het afscheid vandaag valt mij ... zwaar / mee / licht. Toen ik hier [getal] jaar geleden begon, had ik hoge verwachtingen en zag ik ernaar uit om met jullie samen te werken. Die verwachtingen zijn ... allemaal / voor een deel / bepaald niet uitgekomen. En de samenwerking heeft mij ... veel / weinig / hoegenaamd niets opgeleverd. Al snel merkte ik dat collega's hier ... voor elkaar door het vuur gaan / weinig voor elkaar over hebben / zich niets van elkaar aantrekken. Vooral ons wekelijkse overleg op [...dag] vond ik ... een feest / inspirerend / niet om door te komen / een kwelling. Dat lag in het bijzonder aan de voorzitter die ... strak voorzat / de sfeer positief beïnvloedde / er een potje van maakte / ook aan zijn afscheid toe is maar dat niet doorheeft.

Ik heb ook ... goede/matige / verschrikkelijke herinneringen aan onze personeelsfeestjes die ... gezellig waren tot in de kleine uurtjes / voortkabbelden tot iedereen het zat was / de aanduiding feestjes bepaald niet verdienden. Hetzelfde kan ik zeggen van de gezamenlijke lunches in onze gezellige / nietszeggende / afgrijselijk kale kantine. De catering was altijd weer een ... genoegen / dure aangelegenheid / maagzuur opwekkende ellende.

Verder heb ik hier de afgelopen jaren een ... mooi / redelijk / bespottelijk laag salaris genoten.

Dan de leiding: graag wil ik al mijn leidinggevenden ... complimenteren / bedanken voor het feit dat ik weinig last van hen heb gehad / aanraden per kerende post iets te gaan doen wat ze wel kunnen. Samenvattend: ik ga hier weg met ... een hoop mooie herinneringen / gemengde gevoelens / de zekerheid dat ik hier nooit meer een stap zal zetten.

Beste Ruud

Ondanks het feit dat we je liever kwijt zijn dan rijk na veertig jaar gezemel en gezeur over alles wat niet deugde, konden wij het niet laten om je – nu je met pensioen gaat – een extra bonus mee te geven in de vorm van een bosje verlept onkruid. We gaan je geouwehoer en geroddel over collega's missen. Net zoals al je ziekteverzuim.
Nu even zonder dollen, ik kan mij gewoon niet voorstellen dat ik jouw gezicht niet meer zal zien. Je hebt dit bedrijf geleid met je hart en ik kan mij eerlijk gezegd niet herinneren dat je met jouw gedachten ooit elders was. Ik ben er volledig van overtuigd dat jouw expertise, doortastendheid en krachtige ingrijpen indien nodig, dit bedrijf tot een steviger pakhuis hebben gemaakt. Ze hebben je ook tot een icoon binnen het bedrijf gemaakt. Je hebt in jouw functie altijd oog voor de rest van de werkvloer gehouden. Ik en andere collega's konden bij jou terecht wanneer we tegen iets aanliepen, zonder dat jij ons veroordeelde. Dit is een eigenschap die ik niet veel heb gezien in het topmanagement bij andere bedrijven.
Na al deze loftuitingen moet mij wel van het hart dat je dusdanig punctueel was, dat ik mij kan voorstellen dat je voor een deel van het personeel hard kon zijn, maar ik vond je rechtvaardig en denk dat mensen die jou niet gaan missen, bij zichzelf eens moeten nagaan wat hun tekortkomingen zijn. Voor mensen die zich wilden ontwikkelen stond jouw deur namelijk altijd open. Er was vakinhoudelijk weinig waarvan jij niets wist en je was bereid die kennis aan ons over te dragen. Ja, jij had echt verstand van alles wat er hier op de werkvloer speelde. Wat is de tijd gevlogen, onze filosofische uiteenzettingen, ondanks dat we het niet altijd eens waren, staan in mijn geheugen gegrift. Met wie moet ik straks die filosofische gesprekken voortzetten terwijl jij tijdens je pensioen van je vrije tijd aan het genieten bent? Ik heb afgelopen week al onderzocht of de koffieautomaat misschien je plaats zou kunnen innemen. Maar de vraag 'to be or not to be?' beantwoordde hij met 'espresso of koffie?' Ik hoop dat jij op het strand een betere gesprekspartner vindt. En zo niet, dan weet je de weg naar onze iets minder exotische koffieautomaat altijd wel te vinden.

Niets te doen

Na zijn pensioen stuurde een Duitse ambtenaar een brief naar meer dan 500 collega's. Daarin zette hij uiteen dat hij de laatste 14 jaar van zijn actieve loopbaan eigenlijk niets te doen had gehad. Maar wel bij elkaar zo'n € 745.000 op zijn rekening had ontvangen.
De boodschap van zijn brief was dat het systeem de schuld had van alles. Het systeem van personeelsinzet maakte het mogelijk mensen in te huren om exact hetzelfde te doen wat het vaste personeel geacht werd te doen. En dat was natuurlijk een grote schande. De middelen van de overheid waren toch al zo schaars. Hoe kon het dat zijn dat een hoog gekwalificeerde kracht als hij hoegenaamd geen werk had. Terwijl er wel allerlei ingehuurde jonkies rondliepen die de interessante projecten uitvoerden. Hij eindigde zijn brief met de zure opmerking dat hij wel begreep waarom mensen zo weinig vertrouwen hebben in de overheid...

Opvolger

Een succesvolle CEO van een bank vindt dat de tijd is gekomen om plaats te maken voor een jongere opvolger. Hij besluit niet een van zijn kinderen te benoemen, en ook niet een van zijn directieleden. In plaats daarvan roept hij alle jonge medewerkers van de bank bij elkaar.

'Ik ga stoppen als bestuurder', zegt hij tegen alle jonge talenten, 'en ik ga een van jullie benoemen als mijn opvolger. Jullie kunnen laten zien wat je waard bent door het zaadje dat je van me krijgt goed te verzorgen. Over een half jaar zie ik jullie terug met het resultaat en maak ik mijn keuze.'

Alle aanwezigen krijgen een bloempot mee met daarin een zaadje. Iedereen verzorgt het zaadje goed, maar er gebeurt niks. Toch is daar in de gesprekken op kantoor weinig van te merken. Jim, een van de medewerkers, zit er vreselijk mee dat het zaadje dat hij kreeg maar niet wil ontkiemen. Van zijn collega's hoort hij intussen alleen maar succesverhalen. De een zou een nog grotere plant hebben gekweekt dan de andere.

Dan breekt de dag aan waarop iedereen het resultaat moet tonen. Jim schaamt zich dood en wil niet gaan, maar zijn vrouw praat net zo lang op hem in totdat hij wel gaat. Daar staat iedereen met zijn bloempot. Het is een bonte mengeling van alle mogelijke soorten planten en bloemen. Jim voelt dat zijn collega's minachtend naar hem kijken, want hij is de enige met een bloempot zonder plant.

Dan verschijnt de CEO. 'Wat een prachtige verzameling van verschillende planten en bloemen', zegt hij, 'ik ben onder de indruk!' Jim kan op dat moment wel door de grond zakken. Maar plotseling zegt de CEO: 'Wil die jongeman achterin met die lege bloempot naar voren komen?' Jim schuifelt aarzelend naar voren. Hij rekent erop om ontslagen te worden. Dan zegt de CEO: 'Ziehier mijn opvolger, jullie nieuwe bestuurder!' en hij wijs op de stomverbaasde Jim. 'Kijk', zegt hij vervolgens, 'ik heb jullie allemaal een zaadje gegeven dat gekookt was en dus niet kon ontkiemen. Jullie hebben allemaal naar een creatieve oplossing gezocht, maar er is er maar een die de werkelijkheid heeft aanvaard. Daarom benoem ik Jim tot mijn opvolger!'

Zonder jou

Al sinds mensenheugenis werkt hij bij het bedrijf als kwaliteitsmedewerker. Hij kent alle processen en is de vraagbaak voor iedereen. Eigenlijk is er geen vraag te bedenken waar hij het antwoord niet op weet. Iedereen vaart blind op zijn kennis en ervaring.
Maar de omzet van het bedrijf kachelt langzaam achteruit. De kwaliteit van de producten is dik in orde. Er komen maar zelden klachten over fabricagefouten en de fabricageprocessen zijn efficiënt genoeg. Maar het zit hem in de aansluiting op de vraag. Het bedrijf reageert niet snel genoeg op de veranderingen in de markt en dat doen concurrenten, die kwalitatief niet in hun schaduw kunnen staan, wel. De commissarissen grijpen in en een nieuwe CEO komt om het bedrijf grondig te reorganiseren. Na een korte onderzoeksperiode roept hij de kwaliteitsmedewerker bij zich en zegt: ‘Ik ben onder de indruk van jouw kennis van het bedrijf, van je nauwkeurigheid en je gezag. We kunnen niet zonder jou.’ Het gezicht van de man klaart op, totdat de CEO vervolgt: ‘Maar we gaan het toch proberen!’

Knoflook en uien

Een koning voelde zijn einde naderen en wilde bepalen welke van zijn twee zonen hem zou opvolgen. Hij gaf hen beiden de volgende opdracht: ga, trek het land door en zoek het mooiste wat je in het land kunt vinden; degene die mij het mooiste brengt wordt koning.
Ze gingen apart van elkaar op weg. De ene zoon kwam in een dorpje en rook zo'n heerlijke geur, dat hij wilde weten wat het was. Het bleken uien te zijn die in een pan werden bereid. Dat is het mooiste in het land, dacht hij, en hij nam een zak uien mee naar zijn vader. Hij liet de kok van het paleis de uien klaarmaken en toen zijn vader de heerlijke geur rook, zei hij: 'Jij word de koning van het land'.
De andere zoon die nog niets had gevonden, dacht: als dat zo gaat, kan ik het ook. Hij ging opnieuw op pad en rook een geur die nog heerlijker was dan die van de uien. Dat bleek knoflook te zijn die iemand aan het klaarmaken was. Snel bracht hij een zak naar huis, liet de knoflook door de kok klaarmaken en bracht het naar zijn vader.
'Dat ruikt ontzettend lekker', zei de Koning. 'Omdat je me zoiets moois hebt gebracht krijg jij het mooiste wat er is in het land...
En hij gaf hem de zak met uien...

Monster

Een team besloot dat het hoog tijd was voor vernieuwing. Energie doorstroomde de teamleden, ze wilden samen vooruit. Ze maakten afspraken, smeedden plannen en vol goede moed ging iedereen aan de slag. Met een duidelijk beeld voor ogen, want dat er iets moest veranderen was duidelijk.
Na enkele maanden kwamen ze weer samen om te delen wat ze hadden bereikt. Schoorvoetend, met veel minder energie. Er was nog niet veel terechtgekomen van alle plannen. Er was na de eerste bijeenkomst zelfs nauwelijks iets gebeurd. Men mompelde wat of keek zwijgend voor zich uit. Tot een van de teamleden zei: 'Ik weet wat er aan de hand is. Er zit een monster om ons heen. Dat monster leeft van de energie van een vernieuwingsproject, die zuigt het in zich op, dat maakt het sterk. En zo laat het de mensen uitgeblust en moe achter. Daarom is er niets veranderd!'
De groep knikte instemmend. Dat moest ongetwijfeld het geval zijn. Hoe kan het anders dat alle goede plannen vervlogen waren, dat er helemaal niets was ondernomen?
Er ontstond grote onrust: een monster om ons heen? Maar wie dan? Waarschijnlijk was het monster zeer goed vermomd, zodat niets vermoedende idealisten niet in de gaten hadden dat hij het was. Zo zoog hij ongezien de energie uit het team.
De groep ging uiteen, vastberaden om het monster te vinden. Iedereen keek achterdochtig en argwanend rond. Het monster kon immers overal zijn. Zelfs iemand in het team.

Op een dag kwam het goede nieuws. Het monster was gevangen en gedood! Het nieuws verspreidde zich razendsnel over de omgeving. De begrafenis zou op een berg plaatsvinden. Iedereen werd uitgenodigd. Bekende redenaars spraken uit hoe goed het was dat het monster eindelijk was gevonden en de energie van vernieuwing en ontwikkeling weer vrijuit zou stromen. De mensen dromden samen rond de dichte kist om afscheid te nemen. Iedereen was benieuwd wie het monster nu eigenlijk was, en of zij hem of haar zouden kennen.
Na de toespraken en de liederen werd de kist geopend. Langzaam schuifelde de menigte langs de kist. Maar wie in de kist keek, schrok zichtbaar.

In de kist lag geen monster, maar een spiegel. De nieuwsgierige menigte zag zichzelf en besefte met een schok dat zij het monster in zich droegen. Het monster dat de vernieuwing smoorde en de energie wegzoog.

Pizza

De raad van bestuur van een groot medisch centrum huurt een gerenommeerde interim-directeur in voor een afslankingsoperatie. Zijn opdracht is om alle overtollige vet uit de organisatie te snijden. Tijdens zijn eerste wandeling door het ziekenhuis ziet hij een knul die geleund staat tegen de muur vlakbij de kantine voor de medewerkers. Die kantine staat vol artsen, verpleegkundigen en andere medewerkers. De directeur zal ze eens even laten zien dat het menens is. 'Hoeveel verdien jij per week?' vraagt hij. Met een frons van verbazing antwoordt de jongeman: 'Driehonderd euro, hoezo?' 'Asjeblieft, hier heb je twaalfhonderd euro, wegwezen nu! Ik hoef je hier niet meer te zien, van mensen zoals jij nemen we afscheid!' roept de nieuwe baas duidelijk hoorbaar voor iedereen.
Met een goed gevoel over zijn eerste actie kijkt hij de kantine rond en vraagt: 'Kan iemand me vertellen wat die knuppel hier deed?' Schaapachtig grijnzend antwoordt een van de specialisten, met zijn mond vol: 'Dat is de pizzakoerier van Domino's Pizza.'

Omdenken

Een medewerker kan slecht met zijn baas overweg. Op de een of andere manier botsen zij telkens. Vaak over onbenulligheden, een enkele keer over iets belangrijks. Langzaamaan wordt hem duidelijk dat hij bezig is aan het kortste eind te trekken. Maar hij wil niet weg en vindt ook niet dat zijn baas het slecht doet. Het is gewoon een ongelukkige combinatie van twee karakters. Zodra duidelijk wordt dat hij niet te handhaven is, besluit de man om afscheid te gaan nemen en de stap te zetten naar een bureau voor outplacement. Hij wil liever de eer aan zichzelf houden, maar rijdt met pijn in zijn hart naar zijn afspraak. Onderweg gaat hem een licht op.
Tijdens het gesprek met de adviseur tuit hij uitvoerig de lof over zijn baas. Dat hij een moderne en voortvarende leidinggevende is met strategisch inzicht en natuurlijk gezag.
Enkele weken daarna kondigt zijn baas zijn afscheid aan, omdat hij is benaderd door een headhunter die hem een aantrekkelijke baan elders heeft aangeboden.

Glazuur

Een oude pottenbakker was al tijden bezig om een nieuw glazuur voor zijn porseleinen vazen te ontwikkelen. Op den duur draaide zijn leven alleen nog maar daarom. Iedere dag stookte hij het vuur van zijn oven op van roodgloeiend tot witheet, om exact de juiste temperatuur te bereiken. Iedere dag experimenteerde hij met de samenstelling van het glazuur voor zijn vazen. Maar hij slaagde er maar niet in om de schoonheid die hij verlangde in zijn glazuur vast te leggen. Uiteindelijk, nadat hij alles had geprobeerd, besloot hij dat zijn aardse leven geen zin meer had en het tijd was om er afscheid van te nemen. Hij opende deur van de oven en stapte in het withete vuur. Toen zijn assistenten na verloop van tijd de oven openden en de vazen eruit haalden, vonden zij op die vazen het meest exquise glazuur dat ze ooit hadden gezien.
De meester was deel geworden van zijn creaties.

Thee

Een keizer vraagt een vooraanstaand Zen-monnik hoe hij verder kan komen in zijn leven. De monnik luistert beleefd naar het verhaal en de vragen van de keizer. Dan vraagt hij of de keizer een kopje thee wil. De monnik schenkt in en ook als het kopje allang vol is, blijft hij doorschenken. De keizer ziet het aan maar kan zich uiteindelijk niet inhouden. Hij roept: 'Wat doet u nou, ziet u niet dat het kopje allang vol is...?!''Precies,' zegt de monnik, 'zo is het ook met u. U bent al helemaal vol van uw eigen ideeën en opvattingen. En u vraagt aan mij daar nog wat aan toe te voegen? Neem eerst maar eens afscheid van uw overtuigingen en oordelen, maakt u eerst uw kopje maar eens leeg, dan kan er opnieuw wat in geschonken worden.'

Format

Na ......[1]......, heb ik besloten XXXX te verlaten om ......[2]....... Hoewel het geen makkelijke beslissing was, ...[3]....... Ik heb mijn tijd hier ......[4]...... en zal ......[5]...... XXXX was ......[6]...... en ik zal ......[7].......
Ik kijk ernaar uit om ......[8]...... en wens jullie allemaal......[9]...... .
Tot het moment waarop ......[10]......, zeg ik jullie allemaal vaarwel!

[1] a. ampel beraad
b. het verlies van Nederland in het WK voetbal
c. jaren van pogingen om weg te komen
d. een fles Whisky te hebben soldaat gemaakt
e. mijn herstel van geheugenverlies en de ontdekking dat ik nooit ben afgestudeerd

[2] a. huisman/-vrouw/-mens te worden
b. mijn droom na te jagen: een wereldberoemde acteur worden, houd de film-aankondigingen in de gaten!
c. mijn alter-ego vaarwel te kunnen zeggen en mijn tijd te wijden aan mijn opdracht als superheld
d. te gaan teren op de zak van mijn rijke vriendin
e. weer te kunnen slapen 's nachts

[3] a. voel ik dat het de juiste is
b. ben ik ervan overtuigd dat ik een winnend lot heb gekocht
c. was het ook niet bepaald rocket-science
d. wil ik zo voorkomen dat iemand zou ontdekken dat ik al tijden niks heb uitgevoerd
e. trekken de beurskoersen steeds harder aan me

[4] a. met veel plezier doorgebracht
b. met veel moeite verdragen
c. al grotendeels achter me gelaten
d. niet veel anders gedaan dan surfen op internet
e. als door een wonder overleefd

[5] a. iedereen die ik hier ontmoet heb node missen
b. alles en iedereen uit mijn geheugen bannen
c. terugdenken aan de mensen over wiens rug ik naar de top ben gekropen
d. vooral de gratis drank missen
e. mij verheugen op de tranen die komen als tot jullie doordringt dat ik straks echt weg ben

[6] a. echt de plek om het vak te leren
b. uiterst punctueel in de salarisbetaling
c. te goed voor een flapdrol zoals ik
d. tot nu toe het beste bedrijf waar ik heb gewerkt (logisch want het was ook mijn eerste baan)
e. de oorzaak van mijn ingewandsproblemen

[7] a. altijd dankbaar blijven voor de ervaring die ik hier opdeed
b. altijd dankbaar zijn voor het feit dat ik niet vervolgd ben wegens fraude
c. geen kwaad woord spreken over dit bedrijf
d. mijn kleinkinderen niet vertellen dat ik hier heb gewerkt
e. een kruis slaan als ik het gebouw nog eens passeer

[8] a. ooit nog eens met jullie samen te werken
b. dit pand levend te verlaten
c. mijn pensioen te halen
d. over jullie faillissement te lezen
e. een keer jullie klant te zijn (maar niet heus)

[9] a. het allerbeste voor de toekomst
b. dat je iets dieper in de buidel tast voor een afscheidscadeau
c. de vliegende vinkentering
d. dezelfde moed om te doen als ik
e. dat je de humor van mijn toespraak snapt

[10] a. onze paden elkaar weer kruisen
b. ik ontslagen word en hier kom bedelen om een baan
c. Pinksteren en Pasen op één dag vallen
d. de volgende gratis borrel georganiseerd wordt
e. ik in alle kranten sta en jullie apetrots zijn omdat ik hier heb gewerkt

Rijke jongeman

Toen Jezus zijn weg vervolgde, kwam er iemand naar hem toe die voor hem op zijn knieën viel en vroeg: 'Goede meester, wat moet ik doen om deel te krijgen aan het eeuwige leven?' Jezus antwoordde: 'Waarom noemt u mij goed? Niemand is goed, behalve God. U kent de geboden: pleeg geen moord, pleeg geen overspel, steel niet, leg geen vals getuigenis af, bedrieg niemand, toon eerbied voor uw vader en uw moeder.' Toen zei de man: 'Meester, sinds mijn jeugd heb ik me daaraan gehouden.' Jezus keek hem liefdevol aan en zei tegen hem: 'Eén ding ontbreekt u: ga naar huis, verkoop alles wat u hebt en geef het geld aan de armen, dan zult u een schat in de hemel bezitten; kom dan terug en volg mij.' Maar de man werd somber toen hij dit hoorde en ging terneergeslagen weg. Hij had namelijk veel bezittingen waar hij geen afscheid van kon nemen.

Pensioengrap

'Schat, wat ga je doen vandaag?'
'Ehm, helemaal niks denk ik!'
'Maar dat heb je gisteren al gedaan!'
'Klopt, maar ik ben er nog niet mee klaar.'

Overdoen

Als ik mijn leven over mocht doen, zou ik meer fouten maken en niet proberen het zo hopeloos perfect te doen, ik zou me meer ontspannen en minder dingen serieus nemen, ik zou een beetje gekker doen dan de eerste keer. Sterker nog, ik vraag me af wat ik dan nog serieus zou nemen?
Meer gekte, minder braafheid, ik zou meer kansen grijpen, meer op reis gaan, meer mijn hart volgen,
meer bergen beklimmen en in rivieren zwemmen, vaker naar de zonsondergang kijken, meer ijs eten, minder bonen, ik zou meer last hebben van echte problemen en minder van wat ik me in mijn hoofd haal. Weet je, ik was een van die mensen die altijd aan het voorkomen was en altijd op zijn hoede was. Uur na uur, dag na dag. En natuurlijk had ik wel mijn mooie momenten. Maar als ik het over mocht doen zou ik er daar veel meer van hebben. Eigenlijk zou ik dan het ene bijzondere moment aan het andere willen rijgen! Ik ging nooit op reis zonder thermometer, kruik, gorgelbadje, regenjas of paraplu. Maar als ik het over mocht doen liet ik die troep gewoon thuis. Op weg met bijna niks, lekker licht. Ik zou vroeger in de lente op blote voeten gaan lopen en dat langer volhouden in de herfst. Veel vaker zou ik verstoppertje spelen, of paardjerijden met kinderen, veel meer bloemen plukken, vaker kinderen knuffelen. Ik zou veel meer mensen vertellen dat ik van hen houd.
Als ik mijn leven over zou mogen doen.

Pasgeboren

Twee oudere mannen zitten op een bank onder een boom op het terrein van hun verzorgingshuis.
De een zegt: 'Ik ben nu 83 en ik heb last van van alles en nog wat, pijntje hier, pijntje daar. Jij bent toch ongeveer even oud als ik, hoe is het eigenlijk met jou?"
Met een twinkeling in zijn ogen zegt de ander: 'Nou, ik voel me als een pasgeboren baby!'
'Hoe dat zo?' is de wedervraag.
'Geen haar, geen tanden en volgens mij heb ik net in mijn broek geplast.'

Beppe

Beppe was een stugge, stoere en lieve vrouw. Ze had altijd hard gewerkt en zichzelf weggecijferd voor haar gezin of wie dan ook. Toen ze alleen kwam te staan, sloeg zij zich daar op het oog prima doorheen. Klagen deed zij nooit en emoties tonen had zij nooit echt geleerd.
Haar kinderen en kleinkinderen moesten goed luisteren en kijken om erachter te komen hoe zij ergens echt over dacht.
Maar dat zij minder sterk was dan haar buitenkant deed vermoeden, werd wel duidelijk toen een van haar dochters een keer bij haar op bezoek was. Tegen het vermoedelijke einde van het bezoek werd steeds een verandering zichtbaar. De sterke vrouw die zich overal doorheen leek te slaan, begon plotseling te zuchten dat zij misselijk was of dat de pijn in haar been maar niet wilde overgaan. Uiteraard besteedde de bezorgde dochter daaraan liefdevol aandacht. Pas later beseften haar kinderen dat Beppe tegen het afscheid opzag en zo het bezoek nog een poosje wist te rekken.

Nummer 28

Een grote gevangenis nam een nieuwe hoofdcipier in dienst. De scheidende hoofdcipier introduceerde zijn opvolger bij zijn collega's en de gevangenen en hield zijn afscheidstoespraak. Hij sloot zijn toespraak af met: 'Tot slot nog een kleine anekdote: nummer 28.' Alle gevangenen barstten uit in bulderend gelach en een daverend applaus.
Na afloop vroeg de opvolger hoe dat nou zat met zijn slotopmerking en waarom iedereen zo moest lachen bij het noemen van nummer 28.
'Kijk' zei de cipier, 'deze mannen zitten hier al zo lang en hebben mijn grappen al zo vaak gehoord, dat ik kan volstaan met het noemen van een nummer, in plaats van het opnieuw vertellen van de complete mop. Zij weten over welke grap het gaat, vandaar!'
'Gaaf!' zei de opvolger. 'Schrijf alsjeblieft alle grappen voor me op, dan kan ik er een gebruiken in mijn speech morgen.'
De volgende morgen hield hij zijn openingstoespraak, hij was nogal gespannen en het leek hem goed om ook af te sluiten met iets luchtigs. Hij sloot af met: 'Tot slot, een kleine anekdote: nummer 15.'
Het bleef akelig stil. De cipier glimlachte nerveus en stapte achter het spreekgestoelte vandaan.
Later vroeg hij aan de oud-cipier, die bij de overdracht aanwezig was geweest: 'Wat ging er mis? Gisteren waren ze wild van jouw verhaal, maar vandaag ging ik op mijn gezicht.'
'Dat komt, denk ik', zei de scheidende cipier, 'doordat de een een goede verteller is en de ander niet.'

Nabij

Als de jongens van de stam twaalf jaar oud zijn, moeten ze laten zien dat ze de overstap naar de volwassenheid kunnen maken en afscheidnemen van hun kind-zijn.
Daarom worden ze een nacht lang de jungle in gestuurd met een blinddoek voor. Die moeten ze de hele nacht omhouden, wat er ook gebeurt. Als ze die nacht hebben doorstaan, horen ze bij de volwassen krijgers. Een jongen die het ritueel moet doorstaan is doodsbang. Zijn moeder heeft het niet meer. Zijn vader spreekt hem moed in. Geblinddoekt gaat hij de jungle in. Hij doet geen oog dicht en hoort voortdurend de beangstigende geluiden van het oerwoud. De nacht lijkt een eeuwigheid te duren. Diverse keren denkt hij dat hij door een van de wilde dieren wordt beslopen. Maar hij houdt vol. Eindelijk voelt hij de zon op zijn huid en weet hij dat de nacht voorbij is. Hij doet zijn blinddoek af.
Het eerste dat hij ziet is... zijn vader die de hele nacht achter een boom heeft gezeten, nog geen tien meter bij hem vandaan.

Zoon

Een verpleegster bracht de stoere, geüniformeerde marineman naar het bed.
'Uw zoon is hier', zei ze tegen de oude man. Ze moest het een paar keer herhalen, voor de oude man zijn ogen opende. Door de zware pijnstillers die hij na zijn hartinfarct had gekregen, zag hij de jonge marineman slechts vaag, staande buiten de zuurstoftent. Hij stak zijn hand uit. De man vouwde zijn sterke vingers om de gerimpelde vingers van de oude man heen, en fluisterde woorden van liefde en bemoediging. De zuster bracht een stoel, zodat de man naast het bed kon zitten. Zo zat hij de hele nacht in de spaarzaam verlichte kamer, terwijl hij de hand van de oude man vasthield. Af en toe zei de zuster tegen hem dat hij beter even kon gaan rusten, maar daarvan wilde hij niets weten. Hij bleef wakker en op zijn post, luisterend naar het zuchten van de oude man, de geluiden van de afdeling en het tikken van de apparatuur. Af en toe hoorde ze hem een paar vriendelijke woorden zeggen. De stervende man zei niets, maar hield de hand van zijn zoon de hele nacht lang vast. Tegen de ochtendschemering stierf hij. De marineman liet zijn hand los en liep naar de zuster om het haar te vertellen. Hij wachtte terwijl zij de noodzakelijke dingen deed. Toen ze terugkwam wilde zij hem condoleren, maar hij onderbrak haar en vroeg: 'Wie was die man eigenlijk?' De zuster schrok en antwoordde: 'Dat was toch jouw vader?!' 'Nee, dat was hij niet', was zijn reactie, 'ik had hem nooit eerder gezien.' 'Maar waarom heb je dan niks gezegd toen ik je bij hem bracht?' vroeg de zuster. 'Ik wist direct dat er sprake was van een vergissing, maar voelde dat deze man nu een zoon nodig had. Toen ik doorkreeg dat hij te ziek was om te zien of ik zijn zoon was of niet, besloot ik te blijven omdat hij mij nodig had.'

Aan de kant!

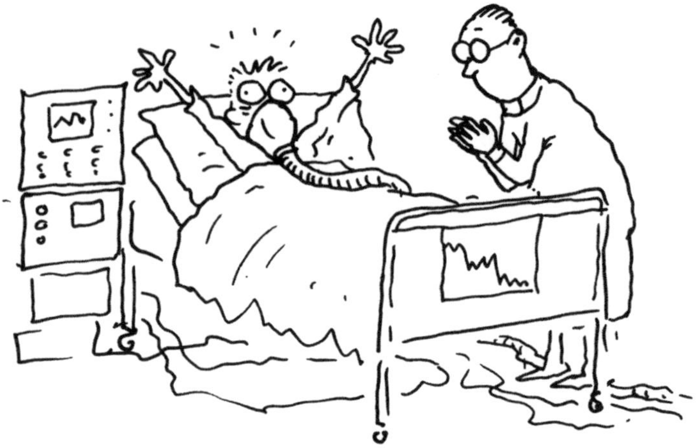

Een predikant ging op bezoek bij een gemeentelid in het ziekenhuis dat niet lang meer te leven had. Hij was nog wel bij kennis. Praten ging al een tijdje niet meer. Hij werd beademd via een zuurstofmasker. Soms schreef hij iets op als hij iets wilde vertellen. Op zijn nachtkastje lagen een klein schrijfblokje en een pen. Toen de dominee nog maar net op bezoek was, ging het zienderogen slechter met hem. Hij leek steeds benauwder te worden, ondanks de zuurstof. Maar kennelijk wilde hij nog iets zeggen, want hij wees steeds naar het schrijfblok. De dominee gaf het hem aan en hij krabbelde er met zijn laatste krachten iets op en toen zakte hij weg. In de consternatie stak de dominee het briefje ongelezen in zijn binnenzak.

Een paar dagen later was de begrafenisplechtigheid en de dominee ging voor in de afscheidsdienst. Tegen het einde van zijn toespraak bedacht hij dat hij hetzelfde jasje droeg als bij het laatste bezoek en dat het briefje nog in zijn binnenzak zat. Theatraal sloot hij zijn toespraak af met: 'Zijn laatste woorden kon hij niet meer uitspreken, maar hij schreef ze op en onze broeder kennende zal hij ons een bemoedigende boodschap hebben willen meegeven.' Hij haalde het briefje uit zijn binnenzak en las de met hanenpoten neergekrabbelde boodschap hardop voor: 'Aan de kant, u staat op de zuurstofslang!'

Groot nieuws

De baas is eindelijk op de leeftijd om afscheid te nemen van het bedrijf. Op zijn laatste werkdag laat hij een afscheidsfeest organiseren. Hij verlangt van alle medewerkers dat zij hun bewondering voor hem uitdrukken op een afscheidskaart, zodat hij later kan teruglezen hoezeer ze hem missen. De meeste mensen schrijven een standaardzin op als: 'Zonder jou zal het bedrijf nooit meer hetzelfde zijn', 'We blijven altijd aan je denken.'
Het is duidelijk dat de baas niet tevreden is met wat hij leest. Hij moppert: 'Wanneer schrijft iemand nou eens iets op vanuit het diepste van zijn gevoelens, iets dat me echt raakt?'
Als laatste is Jan aan de beurt. Hij zegt: 'Oké Jan, jij hebt twintig jaar met me samengewerkt. Je bent mijn beste middenmanager. Wat is jouw boodschap nu ik met pensioen ga?'
Jan schrijft langzaam en duidelijk op een kaart: 'Het beste nieuws in twintig jaar!'

Voordelen

In een bepaald stadium kunnen pensionado's beter accepteren dat capaciteiten en tempo afnemen. Maar het helpt als je er de draak mee steekt!

1. Je loopt weinig gevaar gekidnapt te worden.
2. Bij een gijzeling word je waarschijnlijk als eerste vrijgelaten.
3. Niemand verwacht ooit dat je er snel vandoor gaat.
4. Als iemand je om 09.00 uur belt, zal hij vragen: 'Ik heb je toch niet wakker gebeld?'
5. Mensen beschouwen je niet langer als een hypochonder.
6. Je hoeft geen harde lessen meer te leren.
7. Kleding die je koopt zul je waarschijnlijk niet meer verslijten.
8. Als je wilt, kun je om 16.00 uur al warm eten.
9. Geen verhitte discussies meer over pensioenplannen.
10. Maximumsnelheidsborden vormen geen uitdaging meer.
11. Je houdt je buik niet meer in, wie er ook binnenkomt.
12. Je ogen zullen niet veel slechter meer worden.
13. Eindelijk begrijp je de hoogte van de ziektekostenpremie.
14. Je gewrichten kunnen het weer beter voorspellen dan het KNMI.
15. Je geheimen zijn veilig bij je vrienden want ze onthouden ze toch niet.
16. Een wedstrijdje ver plassen hoeft niet zo nodig meer.
17. Je hebt waarschijnlijk geen idee waar je deze lijst ook alweer hebt gezien.
18. Speciaal voor jou is dit in grote letters afgedrukt.

Colofon

Tot ooit!
50 vrolijke en verdrietige verhalen over afscheid
Willem de Vos

ISBN 978 90 8560 272 9
NUR 372
THEMA FU

Illustraties
Cees Heuvel

Vormgeving
Merel van Dam, Uitgeverij SWP

Opmaak
Nu-nique grafische vormgeving

Uitgever
Paul Roosenstein

Voor informatie over overige uitgaven van Uitgeverij SWP:
Postbus 12010, 1100 AA Amsterdam-Zuidoost
Telefoon: (020) 330 72 00
E-mail: klantenservice@mailswp.com
Internet: www.swpbook.com